彩绘版
伊索寓言 1

[古希腊] 伊索 ◎著　李明才 ◎编译

当代世界出版社

图书在版编目（CIP）数据

彩绘版伊索寓言. 1 /（古希腊）伊索著；李明才编译. -- 北京：当代世界出版社，2014.9
 ISBN 978-7-5090-0930-7

Ⅰ. ①彩… Ⅱ. ①伊… ②李… Ⅲ. ①寓言—作品集—古希腊 Ⅳ. ① I545.74

中国版本图书馆 CIP 数据核字 (2013) 第 293383 号

书　　名：	彩绘版伊索寓言1
出版发行：	当代世界出版社
地　　址：	北京市复兴路4号（100860）
网　　址：	http://www.worldpress.org.cn
编务电话：	（010）83907332
发行电话：	（010）83908409　（010）83908455　（010）83908377 （010）83908423（邮购）　　　　（010）83908410（传真）
经　　销：	新华书店
印　　刷：	三河市汇鑫印务有限公司
开　　本：	787×1092mm　1/16
印　　张：	8
字　　数：	50千字
版　　次：	2014年9月第1版
印　　次：	2014年9月第1次印刷
书　　号：	ISBN 978-7-5090-0930-7
定　　价：	25.80元

如发现印装质量问题，请与印刷厂联系调换。
版权所有，翻印必究；未经许可，不得转载！

目 录

庄园和葡萄树………………… 1
父亲和女儿…………………… 2
马和驴………………………… 3
老狮子和狐狸………………… 4
鹰和乌鸦……………………… 5
狐狸和鹤……………………… 6
牧羊人和野山羊……………… 7
遇难的人和海………………… 8
小山羊和狼…………………… 9
蚂蚁和鸽子…………………… 10
披着狮子皮的驴……………… 11
伊索与造船工人……………… 12
洗澡的小男孩………………… 13
农夫和狗……………………… 14
狮子和农夫…………………… 15
马和驴………………………… 16
铁匠和小狗…………………… 17
狼和狮子……………………… 18
大鱼和小鱼…………………… 19
孩子和青蛙…………………… 20
驴、公鸡和狮子……………… 21
河流和海……………………… 22
驴的故事……………………… 23
黑人…………………………… 24
狐狸和豹子…………………… 25
猴子和渔夫…………………… 26
狐狸和樵夫…………………… 27
母山羊和葡萄树……………… 28
生病的麻雀…………………… 29
捕到石头的渔夫……………… 30

三个手艺人…………………… 31
驴和他的影子………………… 32
老鼠和黄鼠狼………………… 33
狮子和公牛…………………… 34
翠鸟…………………………… 35
商人和海……………………… 36
燕子和蟒蛇…………………… 37
侍女们和公鸡………………… 38
守财奴………………………… 39
河边的狐狸…………………… 40
吹牛的运动员………………… 41
狼和马………………………… 42
肚子胀的狐狸………………… 43
赫尔墨斯和雕刻家…………… 44
天文学家……………………… 45
磨坊主人和儿子……………… 46
海豚、鲸鱼和鱼……………… 47
鹿和狮子……………………… 48
狐狸和鳄鱼…………………… 49
胆小的士兵和乌鸦…………… 50
丈夫和妻子…………………… 51
农夫和杀死他儿子的蛇……… 52
狐狸和猴子…………………… 53
狐狸和狮子…………………… 54
农夫和毛驴…………………… 55
杀人凶手……………………… 56
农夫和命运女神……………… 57
农夫的报复…………………… 58
农夫和树……………………… 59
遇难的商人…………………… 60

百灵鸟搬家…………………61	蝉与蚂蚁…………………91
农夫和狼…………………62	驴和蝉……………………92
骗子………………………63	弹琵琶的人………………93
青蛙和他的邻居…………64	小偷和公鸡………………94
人和宙斯…………………65	两只青蛙…………………95
人和狐狸…………………66	猫和公鸡…………………96
三只公牛和狮子…………67	孔雀和鹤…………………97
女人和丈夫………………68	狮子、宙斯和象…………98
女巫………………………69	狮子和野猪………………99
胆小的猎人………………70	狮子和青蛙………………100
金丝雀和蝙蝠……………71	蚊子和狮子………………101
黄鼠狼和爱神……………72	渔夫和金枪鱼……………102
黄鼠狼和镰刀……………73	小狗和青蛙………………103
演讲家……………………74	猪和狗……………………104
旅行者……………………75	家狗和狼…………………105
农夫和鹰…………………76	蛇、黄鼠狼和老鼠………106
橡树和宙斯………………77	猎狗和众狗………………107
樵夫和橡树………………78	野猪和狐狸………………108
赫尔墨斯和忒瑞西阿斯…79	驴和马……………………109
宙斯和狐狸………………80	苍蝇和骡子………………110
牛和屠夫…………………81	狼和驴……………………111
核桃树……………………82	驴、乌鸦和狼……………112
蛇和鹰……………………83	妄自尊大的狼……………113
蔷薇与鸡冠花……………84	牧羊人和小狼……………114
骆驼、象和猴子…………85	狼和羊群…………………115
狐狸与荆棘………………86	占卜者……………………116
蛇和螃蟹…………………87	养蜂人……………………117
跳蚤和人…………………88	年轻人和燕子……………118
蚂蚁………………………89	贪吃的小孩………………119
狐狸和蝉…………………90	小孩和乌鸦………………120

庄园和葡萄树

一个年轻人继承了父亲的庄园，他的庄园周围种满了葡萄树。秋天到了，小伙子以为能收获很多葡萄，但是直到落叶满地，葡萄树上仍然是空空的。

小伙子一气之下将葡萄树全部砍掉了。没有了葡萄树的保护，外边的野兽经常光顾他的庄园，不是咬死了牛，就是破坏了草坪。这时小伙子才恍然大悟，原来那葡萄树是保护庄园的。他很后悔将葡萄树全部砍掉了。

来年春天，小伙子在原来的地方重新种上了葡萄树。葡萄树依然没有结一颗葡萄，但他的庄园却从此安全了。

这个故事告诉我们，看似没有作用的东西，换一种角度，或许就会发现它的价值。

父亲和女儿

父亲有两个女儿，分别嫁给了一个菜农和一个陶工。他很爱她们，每隔一段时间去看望姐妹俩一次。

这天，父亲去看望姐妹俩，他先到大女儿家，问她生活得怎么样。大女儿说有一件事情要祈祷神灵。父亲问她是什么事情，她说："如果能经常下雨就好了，我的蔬菜就会得到很好的浇灌。"

父亲到了小女儿家，问她生活得怎么样。小女儿也说有一件事情要祈祷神灵，她说："要是总是晴天就好了，我就可以天天制陶。"

父亲感到很为难，他自言自语地说："我到底要祈祷下雨还是祈祷天晴呢？"

这件事告诉我们，要想同时做好两个截然相反的事情，最后肯定是一件事情也做不好。

马和驴

　　主人让马和驴载着货物上路，马驮的货物很轻，而驴驮的货物很重。驴累了，走得很艰难。驴对马说："你帮我分担些重量，我会很感激你的。"马没有理睬驴。

　　又走了一段路，驴再次乞求马："我快要累死了，你帮我分担一点吧！"但马依然没有理会驴。

　　后来，驴死了。主人看着累死的驴，将货物卸了下来，全部加在了马的身上。现在，马吃力地驮着货物，哭着说："都怪我当时不肯帮驴分担一点重量，现在却驮上了全部货物。"

　　这个故事告诉我们，在同伴困难的时候帮助他，其实就是在帮自己。因为如果同伴倒地身亡，担子就会加在自己身上。

老狮子和狐狸

有一只年迈的狮子,他跑不快了,追不上猎物,经常饿肚子。

于是,老狮子想到一个好办法,他躺在一个山洞里。一些动物们看见了,都以为狮子快死了,就大着胆子走向前去,狮子就乘机将他们咬住吃掉。

就这样,很多动物成了狮子的盘中餐。一天,一只狐狸看见了,便很想去见见这个昔日的森林之王。就在狐狸迈步的一刹那,他看见了地上其他动物留下的脚印,便赶忙止住了脚步。

狐狸站在洞外,问狮子身体怎么样了。狮子见状想诱惑狐狸,就说:"很不好。你为什么不过来呢?"狐狸说:"要是没有发现其他动物的脚印,我就过去了。可为什么只有去的脚印而没有回来的脚印呢?"

这个故事告诉我们,聪明的人往往可以审时度势,预见危险,避免不幸。

鹰和乌鸦

鹰从悬崖上冲下去,抓住了一只羊羔,飞走了。这一幕刚好让觅食的乌鸦看见了,乌鸦也来到悬崖上,学着鹰的样子,冲向羊群。

乌鸦也抓住了一只羊羔,但是当他准备飞的时候,发现爪子被羊毛给卷住了,他使劲挣扎,却始终飞不起来。

牧羊人看见了,就抓住了乌鸦。他剪去乌鸦的翅膀,将他带回家。孩子问他这是一只什么鸟儿,为什么没有翅膀。

牧羊人说,这是一只乌鸦,他非要学老鹰,才有了这样的下场。

这个故事告诉我们,仿效别人去做自己能力之外的事情,不仅得不到什么益处,还会给自己带来不幸。

狐狸和鹤

狐狸和鹤做了朋友，将鹤请到家里来吃饭。

狐狸仅仅熬了一锅粥。他将粥盛在盘子里，鹤每喝一口，粥便从他的嘴角流出来，怎么也吃不到，狐狸在一旁偷偷地乐。

不久，鹤请狐狸吃饭。鹤将食物盛在了一个细口瓶子里，鹤可以轻而易举地将自己的尖嘴伸进瓶子里吃食物，狐狸却一口也吃不上，只好悻悻而去。

这个故事启发我们，要想得到别人的尊重，首先要尊重别人。

牧羊人和野山羊

牧羊人在牧场里放牧,他发现羊群里有几只野山羊混在里面。于是,牧羊人将他们赶进了羊舍。

第二天,下雨了,牧羊人没办法去放牧了,只好拿些饲料来喂羊。他只丢给自己的羊一点儿饲料,仅仅是为了不让他们饿死,却给那几只外来的野山羊很多的饲料,希望能长久地留下他们。

雨停后,牧羊人赶着羊群去放牧。来到野外,野山羊全部逃走了。牧羊人指着野山羊的背影骂他们忘恩负义,受了那么多好处,却要逃走。野山羊回过头说:"你对你一直饲养的那些山羊都如此冷落,以后来了新的野山羊,你同样也会冷落我们,所以,我们还是走掉的好。"

这个故事说明,喜新厌旧的人的感情是不可信的,他们迟早会因为有了新朋友而忽略之前的老朋友。

遇难的人和海

一个年轻人在海上钓鱼,就在他开始钓的时候,大海变得波涛汹涌起来。年轻人被卷进了大海中,随后又被海浪冲回了沙滩上。他很气愤地指责大海,用平静的外表来欺骗众人。

这时候,大海化身成一个人来到小伙子面前,对他说:"我就是大海,我是很温和的,但是风却使我变得残暴,你应当去指责风。"

年轻人没有认同他,说:"风在陆地上没有作恶,为什么到海里遇见了你,就变得可恶了?"

这个故事批评了那些不在自己身上找原因,却将责任推卸给别人的人。

小山羊和狼

　　一只狼在野外遇见了一只小山羊，小山羊拼命跑，狼紧追不舍。小山羊眼看逃跑无望，对狼说："我会跳舞，请允许我在临死的时候跳一支舞。"

　　狼答应了他的请求。小山羊拿出一只笛子交给狼，请狼在一旁吹曲。狼吹起了笛子，小山羊也跳起舞来。这时候，正在寻找小山羊的牧羊犬听到了笛声，赶了过来。牧羊犬看见狼，就拼命追赶。狼边跑边后悔地说："我真是活该，我本是一名杀手，不该假装仁慈扮演吹鼓手。"

　　这个故事告诉我们，没有审时度势而贸然行事，本来唾手可得的东西，也会很快失去的。

蚂蚁和鸽子

有一只蚂蚁口渴了，来到小溪前喝水，却一不小心掉进了水里。蚂蚁在水里挣扎，刚好被鸽子看见了。鸽子同情蚂蚁的遭遇，就衔了一根树枝扔进了水里。蚂蚁爬上了树枝，漂到岸上。

一天，鸽子在树上休息，猎人悄悄来到树下，用弓箭瞄准鸽子，鸽子没有察觉。蚂蚁正在觅食，看见这一切，便爬上了猎人的脖子咬了他一口。猎人觉得疼，箭射歪了，鸽子飞走了。

这件事告诉我们，要知恩图报。

披着狮子皮的驴

　　一只驴在路上捡到了一张狮子皮。驴很高兴,就将狮子皮披在身上。一路上,人和动物们纷纷逃走了,驴得意极了。
　　一阵风把驴披着的狮子皮吹走了,大家知道被驴欺骗了,很气愤,把他痛打一顿。
　　这个故事告诉我们,那些狐假虎威、仗势欺人的人必将遭到世人痛恨,自取灭亡。

伊索与造船工人

　　伊索经常去造船厂作客,有些工人喜欢与他开玩笑,伊索都能巧妙应对。
　　一天,伊索来到工厂,工人们在伊索面前展示技艺,笑话他什么也不会。伊索说:"古时候,天地是一片混沌,宙斯来了,他很不满,就令地分三次来喝干海水。地喝第一口海水,陆地上出现了山峰,喝第二口海水,田野都露了出来。那么,当他喝第三口海水的时候,你们这点技艺也就毫无用处了。"
　　这件事告诉我们,耻笑比自己高明的人,往往会自讨没趣。

洗澡的小男孩

一天,一个小男孩在河边洗澡,不小心掉进了河里。他大声呼救。刚好有一个人路过,小男孩急忙呼喊路人来救他。

那人来到小男孩身边,指责他不该偷偷地跑出来玩,更不该在河边洗澡。

小男孩喊道:"我错了,你先救我上来再说这些好吗?我快淹死了。"

这个故事告诉我们,该说的时候说,该行动的时候,就应该行动,否则,等你说完了,机会也就错失了。

农夫和狗

　　一场风暴席卷了农场,农夫被困在家里。最后一点粮食吃完了,农夫不得已杀了羊,可当羊肉吃完了,风暴还是没有停止。接着,农夫不得已又杀死了牛,靠着吃牛肉过日子。
　　农夫的狗看见了,说:"我得赶紧离开了,农夫连赖以生存的牛羊都杀了,怎么会怜惜我这只狗呢?"
　　于是,狗就在一个晚上悄悄地逃走了。
　　这个故事告诉我们,对那些连自己家人都舍得牺牲的人,要时刻保持警惕。

狮子和农夫

　　一天,一只狮子冲进农夫的家里,农夫想抓住这只狮子。狮子在农夫的家里左右乱窜,因找不到出去的路,野性大发,就将农夫家里的山羊咬死了。

　　农夫害怕了,怕狮子吃掉自己,于是只好打开房门,将狮子放走了。

　　农夫的妻子责备他:"人们见了狮子都躲,你还想要抓它?现在狮子没抓到,反而白白损失了一只羊。"

　　这个故事告诉我们,激怒比自己强大的人,必然会自讨苦吃。

马和驴

农夫家养着一头驴和一匹马,主人每次给马吃很好的草料,而给驴吃的都是一些糠麸。驴觉得自己干着十分重的活,却生活得如此之差,很不平衡。

有一天,战争爆发了,农夫骑着马前去战斗了。在战场上,马不幸中弹。驴子看见马带着伤回来了,就觉得自己比马幸福多了。

这个故事告诉我们,我们不要随便羡慕他人,只看到他人的好。安逸富足往往与死亡相伴,艰辛的生活却象征着平安。

铁匠和小狗

铁匠有一只小狗,非常懒惰。

每当铁匠打铁的时候,他就在一旁安然入睡,丝毫不受影响。

当开饭的时候,铁匠一将食物放进小狗的食盆里,小狗就会飞快地跑来。

一天,铁匠将骨头扔进小狗的食盆里,小狗立即跑过来。铁匠看着他说:"打铁那么大的声音都没有影响你,放根骨头这样小的声音你都能听见,真是厉害啊!"

这个故事讽刺了那些唯利是图的人,他们只关心自己的利益,对于别人的事情却充耳不闻。

狼和狮子

有一天,狼看见一群羊,便悄悄地跟随其后,趁牧羊人不注意的时候,扑过去咬住一只羊跑掉了。

狼叼着羊得意地走着,迎面来了一头狮子,狮子扑上去将羊抢到了嘴里。狼愤怒地说:"你抢走了我的食物,行为太不正当了。"

狮子笑着说:"你的食物是牧羊人亲自送给你的吗?"

狼无语了,只好悻悻走开。

这个故事告诉我们,强盗和盗贼就是一丘之貉,没有好坏之分。

大鱼和小鱼

有一群鱼生活在水里,大鱼经常嘲笑小鱼,说他们太渺小了,默默无闻。

一天,渔夫拿出渔网开始捕鱼。渔夫网住了很多鱼,有大鱼,有小鱼。但是收网的时候,小鱼却从网的缝隙里逃走了,保住了性命。

大鱼看着逃走的小鱼,感叹:"多么希望自己此刻也是一条小鱼啊!"

这个故事告诉我们,小人物有小人物的好处,他们通常可以轻易地逃离灾难,而大人物却往往因为名声太大,受制于人。

孩子和青蛙

一群孩子在水边玩耍。这时候,一个孩子看见了水里面有几只青蛙,就拿起石头砸青蛙,别的孩子纷纷效仿,一些青蛙被打死了。

青蛙的尸体一个个浮了上来,孩子们却丝毫没有怜悯之心。一只老青蛙跳出来对他们说:"孩子们,我请求你们不要砸了,这对你们来说是游戏,可对我们来说,是性命啊!"

这个故事告诉我们,不要把自己的快乐建立在别人的痛苦之上。

驴、公鸡和狮子

驴和公鸡生活在一起,一天,一只狮子闯进了他们居住的地方。

公鸡发现了狮子,就叫了起来。这只狮子害怕鸡叫,就逃跑了。驴以为狮子连鸡叫都害怕,也没什么了不起,就追狮子去了。

他们跑到了野外,狮子发现只有一头驴在追自己,就将他咬住了。驴被狮子咬在嘴里的时候才后悔,感叹道:"我真是愚蠢啊,没有衡量对手实力,就贸然地向他挑战。"

这个故事告诉我们,不要轻敌,一定要分清楚自己和对手的实力,再决定是否要战斗,不要在强大的对手面前逞能。

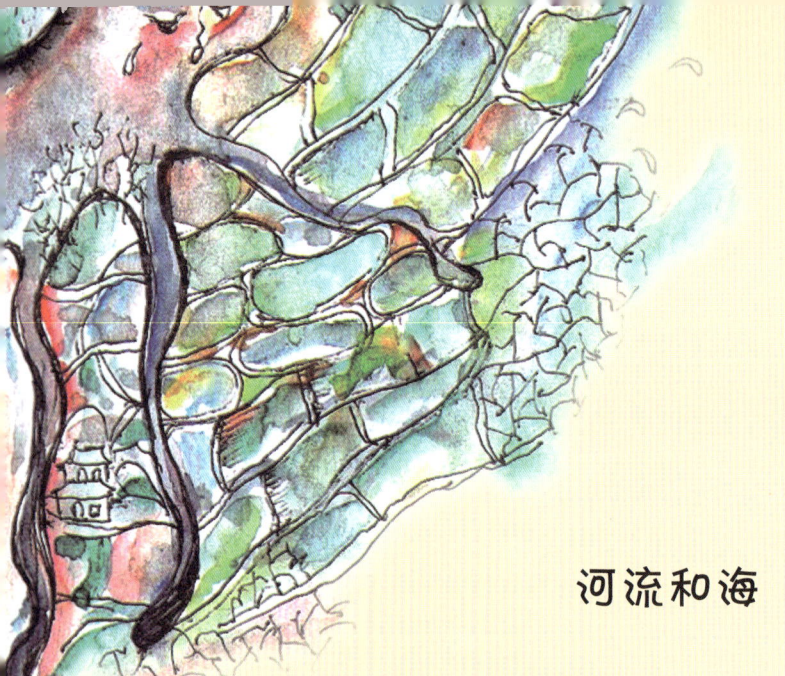

河流和海

河流一直以河水清凉甘甜而自豪,喝过河水的人都称赞不已。

后来,河流流进了海洋,遇到海水,他一下变咸了,没有人再去喝他的水了,也没有人再赞美他了。河流很生气,对大海说:"都是你,让甘甜可口的河水变成了,让我失去了人们的赞美。"

大海说:"你不愿意的话,可以不流进海洋里啊!"

于是河流改道了,他流向了田野。河流越来越细,很快就干涸了。

当河流剩下最后一滴水的时候,他后悔当初的决定,要是流进海洋,现在他一定还活着,但是自己选择了这样一条死路。

这个故事告诉我们,要认清事物发展的趋势,不逆势而行,否则,肯定会失败的。

驴的故事

有一头驴，驮着一袋子盐巴过河。在河中央的时候，驴跌了一跤，滑进了水里。盐巴在水里溶化了，驴爬起来，顿时觉得身上轻了很多，他很高兴。

过了几天，驴又驮着一袋子棉花过河。驴想起自己上次的经历，于是在过河的时候故意跌倒了，想着会像上次一样。但是，吸了水的棉花顿时重了好几倍，驴被压得爬不起来了，最后淹死在了水里。

这个故事告诉我们，有些人聪明反被聪明误，做事情一定要踏踏实实，耍小聪明反而会害了自己。

黑人

一个地主去买奴隶,他看见三种肤色的奴隶,黑人、黄人和白人。

其中,白人的价格最贵,黑人最便宜。地主想得到一个白人奴隶,但是又舍不得花钱,于是就买了一个黑人奴隶。

到了家里,地主拿来香皂给黑人洗澡。洗了一遍之后,发现黑人更黑了,他又继续洗,可黑人还是黑的。

最后,地主因为给黑人洗澡过度劳累,大病了一场。

这个故事告诉我们,生来就有的东西是改变不了的。

狐狸和豹子

狐狸和豹子争论谁更美,豹子说自己比狐狸更加漂亮,因为自己有五颜六色的斑纹,而狐狸没有。

狐狸说:"我有聪明的大脑,甚至被人们称为森林中最聪明的动物,很多故事都是称赞我们聪明的呢。"

这个故事告诉我们,真正的美貌不是外表,而是一个聪明的大脑。智慧的魅力永远赶超一切。

猴子和渔夫

有一只猴子在河边的树上玩耍，看见渔夫一撒网，一收网，捞出了很多鱼来。一天，渔夫离开的时候将渔网留在了河边，没带回去。猴子一看机会来了，就跳下树拿起渔网。他按照渔夫的姿势撒网，结果非但没有捕到一条鱼，反而将自己套进了网内。猴子挣扎着跌进了河水里，险些被河水淹死。

猴子爬上树，从此安分了，他对自己说："我真是活该，我还没有学会撒网，偏偏逞能想要捕鱼。"

故事告诉我们，做好本分的事情，不假思索地模仿他人做自己能力以外的事情是要自讨苦吃的。

狐狸和樵夫

狐狸被猎人追赶,遇见了一个樵夫,狐狸请求到樵夫的小屋子里躲避,樵夫答应了。

不一会儿,猎人赶来了,向樵夫询问狐狸的下落。樵夫嘴上说不清楚,但做着手势告诉猎人,可惜猎人没有注意到他的手势。

猎人离开后,狐狸走出了屋子要离开,樵夫指责狐狸不知道感恩。狐狸说:"要是你的手势与言论是一致的,我会感谢你的。"

这个故事讽刺了那些嘴上说要做好事,而行为上却作恶的人。

母山羊和葡萄树

葡萄树刚刚长出叶子,母山羊就粗暴地去吃他们,这引起葡萄树的不满:"我的叶子刚刚长出来,你就来吃,难道地上没草吃了吗?"

母山羊继续吃葡萄树的叶子。

葡萄树生气了:"你吃了我的叶子,照样会被人们杀死,用来祭奠他们的祖先,我将酿成葡萄酒洒在你的身上。"

母山羊一想,葡萄树说的是事实,就没趣地走了。

故事告诉我们,连新生命都不懂爱护的人,必定受到人们的唾弃。

生病的麻雀

一只麻雀生了重病,躺在床上,母亲陪在他的身边。麻雀对母亲说:"妈妈,不要悲伤,你赶紧去祈祷神灵来治好我的病吧!"

麻雀的妈妈很无奈地说:"哎,哪个神灵会来帮助你啊!想想你总是将祭祀神灵的食物偷走,他们怎么可能会来救助你呢?"

麻雀想了想平时的所作所为,沉默了。

故事告诉我们,若是想要在患难中得到朋友的帮助,就必须要在平时的时候缔结友谊,而不应该是在困难的时候才想着去求人。

捕到石头的渔夫

　　渔夫在捕鱼收网时，他觉得渔网很重，想着会有一个好收获。当他收回网的时候，发现里面一条鱼也没有，只有一块大石头。渔夫懊恼地对同伴抱怨自己的不幸。

　　同伴对他说："这不过是一次捕鱼罢了。在网收回来之前，你设想是大的收获，现在什么也没有，所以你悲伤了。快乐和悲伤是俩姐妹。你之前快乐过了，所以现在要忍受一点点失落。"

　　这个故事告诉我们，有时晴空也会发生风暴，所以要及时调整自己的情绪，不要因挫折而苦恼。

三个手艺人

有三个手艺人,他们手艺很精湛,经常做出一些令人惊叹的艺术品。

这天他们生活的城市被敌军围住了,于是三个人凑到了一起,商量着抵御敌军的办法。他们中的砌匠先说话了:"我建议最好用砖块作为抵御敌军的材料。"然后,木匠站出来了:"我觉得木头作材料最好了。"

皮匠说:"先生们,我觉得最好的材料莫过于皮革了。"

虽然他们平时关系不错,但是在选材料上却发生了很大的分歧。

这件事告诉我们,人们都习惯从自己的角度出发来看待问题,而且总是认为自己所熟悉的东西最好。

驴和他的影子

有一个旅客租了一头驴旅行。

天气非常炎热,驴的主人决定歇息一下,但是他发现周围没有让他躲避烈日的东西,于是他躲在了驴的影子下。然而,旅客也想躲在驴的影子下,但是驴的影子仅仅够一个人躲在下面,他们就为这件事情争吵了起来。

旅客说:"这头驴是我租来的,我有权利躲在他的影子下。"驴子的主人却说:"你只租了这头驴,你没有租他的影子啊!"于是他们争吵不休,在他们争吵的时候,驴也觉得酷热难耐,就悄悄地逃走了。

这个故事告诉我们,人们往往为一些小事争吵,反而失去了更重要的东西。

老鼠和黄鼠狼

老鼠和黄鼠狼经常开战,老鼠打不过黄鼠狼,但是他们觉得自己没有战胜黄鼠狼是有原因的。

于是他们商量着选出了一只老鼠当王。这只老鼠觉得自己应该和别的老鼠不一样,于是他在脑袋上安了两只角。

不久,老鼠和黄鼠狼再次开战,老鼠又被打败了,他们纷纷逃进洞里。鼠王脑袋上安了角,钻不进老鼠洞,被黄鼠狼吃掉了。

这说明,虚荣是不幸的根源。爱慕虚荣,付出的代价往往是惨重的。

狮子和公牛

狮子想要吃公牛,又打不过他,就想了个办法。一天,狮子遇见了公牛,就对他说:"亲爱的朋友,我抓到了一只羊,晚上我宴请你。"

其实狮子想等公牛来了,趁他疏忽的时候杀死他。

晚上,公牛来了,当他走进狮子的屋子后,看到桌子上放了一些钢盆和大铁叉,根本没看到羊,就一声不吭地转身离去了。狮子很生气,问他:"我好心宴请你,你为什么还要一声不响地走掉呢?"

公牛说:"桌子上放的那些东西不是为了吃羊,而是为了吃牛。"

这个故事告诉我们,聪明的人总是能从蛛丝马迹中识破敌人的阴谋。

翠鸟

翠鸟居住在海上,她们经常挑选一些僻静的地方产卵。

一次,一只翠鸟来到一处海峡,她觉得这里是个好地方,于是,她将卵产在海峡峭壁的一块石头上。

一天,她外出觅食,忽然海上起了大风,掀起了巨浪。当她赶回去的时候,才发现自己的巢穴已经被巨浪卷走了,小鸟也已经无影无踪。

翠鸟非常伤心,她说:"我真是不幸啊,我为了防止猎人的捕杀,才逃到了这里,但是谁知道大海比猎人更凶狠啊!"

这个故事告诉我们,通常我们小心谨慎地防备敌人,却不知道有时会落在比敌人更厉害的友人手里。

商人和海

一次,商人乘着船出海经商,本来海上风平浪静,商人在船上很惬意。中途的时候,海上却突然刮起了狂风巨浪,船在风浪中摇摆,时刻有翻船的危险。商人很害怕,就将自己的货物全都扔掉了。没有了货物,船变轻了,躲过了风浪,商人捡回了性命。

有了上次的经历,商人再次出海的时候,心里就不那么轻松了。有一个船员来到甲板上赞美大海真是美,商人却忧虑地说:"现在大海风平浪静,肯定是又要向人们索要货物了。"

这个故事说明,人们往往能从自己的患难中得到成长。

燕子和蟒蛇

燕子搬家了,她将自己的巢穴安在了法院的一棵新树上。

这天,燕子出去觅食,一条蟒蛇来到了树上,将小燕子吃掉了。

燕子回来之后,看到空空如也的巢穴和散落在地上的小燕子的羽毛,知道自己的孩子遭到了厄运,伤心地哭了起来。

这时候,另一只燕子飞到了她的身边安慰说:"你不是这里唯一丢掉孩子的,很多燕子也丢掉了他们的孩子。"

燕子哭着说:"我难过不仅是因为丢掉了孩子,还因为我从来没有预想到,在这个受害者能求得帮助的地方丢掉了孩子。"

这个故事告诉我们,相对于灾难本身,灾难来自最意想不到的地方,更让人悲伤。

侍女们和公鸡

主人家里有一只公鸡，当鸡叫的时候，侍女们就得起来干活。侍女们忍受不了这样的劳碌，渐渐地，她们将这些怨气归结到了公鸡身上，于是她们悄悄弄死了公鸡。

第二天，公鸡没有叫，她们也没有起床。主人发现公鸡死了，也就作罢了。她们过了舒舒服服的一天。

但好日子只过了一天，由于主人不知道鸡叫的时间，经常半夜起床，将侍女们喊起来去做工。侍女们比以前更忙碌了。

侍女的遭遇向我们说明了一个道理，许多不幸的遭遇都是自己的短浅无知造成的。

守财奴

有个守财奴得到了一块金子,非常高兴,于是他将金子藏在了一个山洞里面。但是每天他都禁不住去看一眼,生怕金子跑掉。

在山洞的附近,有一个牧羊人,他天天看见守财奴从这里经过,就留了心。有一天,他发现了这个秘密,在守财奴走后,偷偷拿走了金子。

第二天守财奴发现没有了金子,非常伤心,泣不成声。一个人路过,问明原因后对他说:"你可以在山洞里埋一块石头,你就当它是金子不就行了?反正有金子你也只是看看,不真正运用它。"

守财奴的故事告诉我们,东西的价值在于运用,不去用的话相当于没有。

河边的狐狸

一天,许多狐狸聚集在河边,他们商量着怎样去喝河里的水。因为水流湍急,狐狸们都不敢贸然向前。

这时候,一只狐狸对大伙儿说:"你们都是胆小鬼,看我的。"他一下子跳进了河里,水流把他冲到了河中央。那只狐狸在河水里挣扎,岸上的同伴都喊他快回来,一起找安全的地方喝水。

但是狐狸仍然想卖弄自己,在河里向大家喊道:"你们慢慢找吧,我先随着河水去旅游了。"然后他就被河水冲走了。

这个故事告诉我们,喜欢卖弄自己、自我吹嘘的人,必定会招来灾难。

吹牛的运动员

有一个运动员很胆小,比赛的时候缺乏自信,但是他喜欢自吹自擂,认识他的人都指责他。他在自己住的地方待不下去,就出门旅行了。

过了些日子,他回来了,大肆吹嘘说他参加了很多城市的竞赛,取得了很好成绩,还说:"我跳得比奥运会冠军都远,凡是见过的人都可以站出来给我作证。"

于是人们就说:"你就在这儿跳吧,如果是真的,根本不需要什么证人。"

这个人感觉自己下不了台,就灰溜溜地逃走了。

这个故事告诉我们,用事实能证明的事情,说得再好都是多余的。

狼和马

饥饿的狼走在路上,看见了一片麦田,长着熟透了的麦子。狼不禁感叹自己不是食草动物,只好走开了。

不久,狼来到一处农场,它看见马槽边有匹马,便对马说:"我发现了一片麦田,我舍不得吃,特意留给你,我喜欢听你吃草时的声音。"

马冷冷地说:"哦,是这样吗?我想要是你能够吃草的话,你早就自己去吃了,你这样说无非是想把我骗出去吃掉。"

狼的诡计被拆穿了,悻悻地走了。

故事告诉我们,本性恶劣的人,向人们提供好的信息,人们仍然会识破背后的阴谋。

肚子胀的狐狸

狐狸在森林中觅食,他在一个树洞里发现人类留下来的一些食物,于是就跳进树洞里,满足地吃了起来。

树洞刚好容下狐狸的身子,但是狐狸吃胀了肚皮,怎么也无法钻出树洞。

狐狸便在树洞里呼唤他的同伴来救他。同伴赶到的时候,狐狸将整件事情告诉了同伴,同伴只好说:"现在唯一的办法就是在树洞里面待着,等你的肚皮小了之后你就能出来了。"

狐狸在树洞里待了好几天,当他将食物消化掉才爬出了树洞。

故事告诉我们,时间有时候是解决问题最好的办法。

赫尔墨斯和雕刻家

赫尔墨斯很想知道凡间的人是怎样评价自己的,所以他化身一个凡人来到了人间。赫尔墨斯走进了一家雕刻店里。

他指着宙斯的雕像问:"老板,这个雕像值多少钱?"老板说:"一银元。"

接着他又看见了赫拉的雕像,便又指着赫拉的雕像问老板:"这个值多少钱?"老板说:"这个雕像价值半银元。"

最后他看到了自己的雕像,心想肯定会很值钱。他问老板:"这个雕像值多少钱?"老板说:"你要是将之前的两个雕像全买了,这个雕像就送给你了。"

这个故事告诉我们,太爱慕虚荣的人,往往会被别人看不起。

天文学家

有一个天文学家对太空非常感兴趣,他走在路上,经常抬着脑袋,聚精会神地观察天空。

这天晚上,他抬头研究天上的星星,结果不小心掉进了沟里。人们将他拉了上来后,对他说:"朋友,你太注重观察天上的东西了,却忽略了地上的。"

这个故事告诉我们,人们应该先解决当前的事情,再去关心高深的问题。

磨坊主人和儿子

　　磨坊主和儿子赶着驴去市场。他们来到一个镇上,看到一些妇女在洗衣服。这时候,有一个妇女看见他们说:"你看那些人,放着驴不骑,偏要走路。"磨坊主听见了,就喊儿子坐在驴上。

　　他们继续赶路,又在一棵树下见到一些老者,其中一个老者说:"你看那赶路的人多不像话,年轻人骑在驴上,年老的却在走路。"儿子听见了,就让父亲骑在了驴上。

　　走了没有多久,他们又看见一群年轻人,年轻人看见了他们,就指责磨坊主说:"你看你把这可怜的孩子累的,一点力气都没了。"老实的磨坊主人听了,就叫儿子一起骑在驴上。

　　快到市场的时候,有一个人问他们:"这驴是你们自己的吗,驴都快累死了。"父子俩只好将驴子扛在了肩上。

　　这样一来,凡是见到他们的人,都笑得不行:"你看那两个傻子,扛着一头驴。"磨坊主人很尴尬,就带着儿子和驴逃回家了。

　　这个故事告诉我们,任何事情都不可能让所有人满意,做事情一定要有主见,不能人云亦云。

海豚、鲸鱼和鱼

　　海豚和鲸鱼争斗了很久,越打越猛烈。这时候,一条小鱼游到了他们身边,劝他们停止战斗。海豚说:"我们宁可就这样一直战斗下去,也不愿你来给我们调停。"
　　这个故事讽刺了那些趁着时局动荡,自以为是,当自己是英雄的人。

鹿和狮子

鹿很渴，就跑到泉水边喝水，喝完水之后，就站在水边欣赏水中的倒影。他得意自己长着一对美丽的长角，却不喜欢细细的腿。这时候，倒影中忽然出现了一只狮子，张牙舞爪地向他扑了过来。鹿吃了一惊，连忙撒腿就跑。

狮子追着鹿到了一片树林，当鹿在林中奔跑的时候，美丽长角不小心被树枝挂住了，就被随后追来的狮子吃掉了。

临死之前，鹿对自己说："我真不幸，我不喜欢的东西救了我的命，我最喜爱的东西却让我送了命。"

鹿的悲惨遭遇告诉我们，美丽的东西不一定有用，甚至会带来灾难，而不美的东西却能在关键时刻发挥作用。

狐狸和鳄鱼

狐狸和鳄鱼在争论谁的家族更显赫,鳄鱼告诉狐狸自己的祖先有很多伟大的事迹,他担心狐狸不相信,就对狐狸说:"我的祖辈们都是体育馆馆长。"

狐狸却说:"从你的四肢就知道你们家族的职业了。"

狐狸的话告诉我们,事实胜于雄辩。有时候,我们花很多力气想要向别人证明一些事情,倒不如直接拿出证据省事。

胆小的士兵和乌鸦

有一个士兵非常胆小，他战战兢兢地走在路上。树上一只乌鸦叫了一声："哇！"

士兵吓了一跳，连忙丢掉了枪，趴在了地上。

过了好一会儿，士兵看没有什么可怕的事情发生，就站了起来。

这时候，乌鸦又叫了一声："哇！"

士兵大声地喊："我投降，请不要杀我！"

故事讽刺了那些胆小的人，即使风吹草动，也能让他们魂飞魄散。

丈夫和妻子

妻子脾气怪异,很难和别人相处。丈夫很头疼,又不想明白跟她讲。

一天,丈夫将妻子送回娘家,想知道妻子是如何和她的家人相处的。隔了几天,妻子回来了,丈夫便询问她。

妻子说:"那些放牧人从来不给我好脸色看。"

她的丈夫就说:"若是那些早出晚归的人都不能与你很好相处的话,整天与你生活在一起的人又会怎么样呢?"

妻子听了,惭愧地低下了头。

这个故事告诉我们,事情往往可以以小见大,由表及里。

农夫和杀死他儿子的蛇

一条蛇趁农夫不在家的时候,咬死了他的儿子。农夫回来之后,看见儿子被蛇咬死了,非常气愤,拿着刀就出去寻找蛇的洞穴。

农夫找到了蛇后,挥刀砍去。可没有砍中蛇,只把洞口的石头砍成了两半。

农夫也担心蛇报复,就对洞里的蛇说自己愿意和蛇化解恩怨。蛇说:"我是不可能和你化解恩怨的,每当我看见洞口的石头,就会想起你的愤怒;同样的,每当你看见你儿子的坟墓,就会想着要杀死我。"

这个故事告诉我们,深仇大恨是很难化解的,俗话说:冤家宜解不宜结。我们应尽量不要去制造仇恨。

狐狸和猴子

　　猴子在一次集会上跳舞,他赢得了大家的一致好评。会后,猴子被选为百兽之王,狐狸不服气。

　　一天,狐狸在回家的路上看到一个捕兽的夹子上放着肉,就想到一个好办法。他到猴子那里,说发现了食物,猴子是王,请猴子先动。猴子一听,心里很高兴,夸奖狐狸懂事。

　　狐狸领着猴子来到了捕兽的夹子面前,猴子一看是一块肉,就伸手去拿,结果被夹子夹住了手。他训斥狐狸欺骗了自己,狐狸却说:"凭你这点智商,你还想做百兽之王!"

　　这个故事告诉我们,凡事要谨慎,不能轻易相信别人。不然,不但会给自己带来不幸,还会受世人嘲笑。

狐狸和狮子

狐狸和狮子生活在一起。他们一起打猎,但是狐狸总是充当狮子的奴仆,先去森林里把野兽赶出来,再由狮子去捕捉。每次分食物的时候,狐狸总是只得到一小部分。时间久了,狐狸不再积极地同狮子去捕猎,想自己单独去,虽然捕到的猎物少,但全部是自己的。

就这样,狐狸离开了狮子,一个人单独行动了。一天,他小心翼翼地跟随着羊群,瞅准了机会,就冲进去捕捉羊。但是他没有狮子的力气大,花了好久也没能制服那只羊。这时候,牧羊人赶到了,把狐狸抓住了。狐狸很后悔,要是还跟狮子在一起,虽然分到的食物少一点,但是也不至于丧命啊!

狐狸的故事告诉我们,平平安安地做百姓比胆战心惊地做国王好得多。

农夫和毛驴

　　有一个年老的农夫从来没有进过城,眼看时间不多了,农夫想在活着的时候去城里一趟。他准备了一架驴车向城市出发。
　　在路上,突然响起了雷声,接着阴云密布、风暴骤起。毛驴迷了路,拉着农夫来到了悬崖边缘。
　　农夫眼看有掉下悬崖丧命的危险,就向天空大喊:"宙斯啊!我没有冒犯过你,你却要罚我摔死,连最后一个愿望也不让我实现,你竟然还让我死在毛驴手下!"
　　农夫的话告诉我们,死就要死得有价值,那样才对得起生命。

杀人凶手

　　有一个杀人犯,被警察追赶,他没命地逃跑。凶手来到了河边,想过河,但是他害怕河里有鳄鱼;他看到河边有一棵树,想去树上躲藏,却害怕树上有蛇;他想沿着河岸跑,又害怕草丛里会蹿出一匹狼来。最后他站在河边不敢动,被警察抓住了。
　　这个故事告诉我们,做了亏心事的人,往往害怕会遭到报复,无论在哪里,都不心安。

农夫和命运女神

　　一个农夫在耕地的时候,无意中发现一块金子,他觉得这是土地女神的恩赐,于是他每日给土地女神祭祀。
　　一天,命运女神来到了他的身边,看到农夫在祭拜土地女神。她对农夫说:"要是我不眷顾你,即使金子埋在土里,也会被别人挖走。到时候,你肯定会埋怨我这个命运女神的。"
　　农夫想了想,在祭拜土地女神的同时也祭拜了命运女神。
　　这个故事告诉我们,人应该认清自己的恩人,报答他们的恩惠。

农夫的报复

有一个农夫很坏,他嫉妒邻居的农田总是能丰收,而自家的农田却相当惨淡,于是就想办法报复邻居。

一天,他悄悄来到了邻居家的农田,将一根点燃了的棍子,扔进了邻居的农田里,然后心满意足地走了。

不幸的是神灵刚好看到了这一幕,他很气愤农夫有这样的坏心眼儿,就将火苗吹向了农夫家的农田,农夫的农田着火了,而邻居家的则安然无恙。

这个故事告诉我们,害人必害己。

农夫和树

　　农夫的田地里有一排树木,他拿着斧子走到树木中间,想砍掉他们。

　　这时候,树上的麻雀请求他不要砍。麻雀说要给农夫唱歌,让他听到优美的歌声,农夫依然将树木砍倒了。

　　农夫挥舞着斧子,砍倒了一棵又一棵树。农夫在砍最后一棵树的时候,发现树洞里有一个蜂巢。农夫尝了一下蜂巢里流出来的蜂蜜,很甜,不但没有把树砍倒,反而小心翼翼地将这棵树保护起来。

　　农夫的故事告诉我们,人们常常只关心对自己有利的事情,而对自己没有利只对他人有利的事情,就很冷漠。

遇难的商人

一次,商人同别人一起乘船出海。在海上的时候,遭遇了巨浪,船里进水了,随时有沉下去的危险。

其他人都拿着救生衣纷纷地跳进了水里,可是商人却跪在船上请求神灵来保佑他。

一个人对他说:"拿着救生衣逃命吧,你还在这里干什么?"

商人说:"神灵会保佑我的。"

那个人说:"即使神灵保佑你,你也要行动啊,坐着等死,那么神灵也救不了你。"

故事告诉我们,不能光指望着别人来帮忙,自己要努力才行。

百灵鸟搬家

早春时节,百灵鸟搬到一片绿色的麦田居住,小百灵鸟慢慢地长出了羽毛,也渐渐地有了力气。

一天,麦田主人说:"收割时,我一定找邻居帮忙。"

小百灵鸟听见后很慌张,连忙找到妈妈,将麦田主人的话告诉了妈妈。小百灵鸟问妈妈:"我们是不是要搬走啊?"

百灵鸟说:"孩子,他不是要收割麦子,只是那样说说。"

麦田主人果真没有来收麦子,又过了几天,麦田主人又说:"现在麦子终于熟了,我明天就来收获。"

百灵鸟对她的孩子说:"这次是真的来收获了,我们今天就搬走。麦田主人已经着急了,不再等别人来帮助。"

这个故事是说不寄希望于别人,完全自己动手,这才是真正地下决心了。

农夫和狼

农夫拉着牛在耕地。中午的时候,农夫将牛脖子上的犁套卸下来,牵着牛去河边歇息。这时候,一只狼来到了田里,走到犁套跟前,用鼻子闻了下,觉得有牛肉味,不知不觉地就将脖子伸进了犁套里。

农夫牵着牛回来了,看到狼的样子,哭笑不得。他拉着狼给他耕地,对狼说:"你这个可恶的东西,现在知道耕种的滋味了吧,给你一个改过自新的机会,从此就为我耕地吧。"

狼的遭遇告诉我们,恶人做了一些好事,肯定不是他们的本意,一定是被迫的。

骗子

　　有一个人生了重病，卧床不起，他祈求神灵保佑他，说如果神灵治好他的病的话，他愿意奉献出一百头牛来。神灵应允了他的要求，给他做了一颗灵丹妙药。这个人病好了之后，做了一百个泥牛放在祭坛上。

　　神灵很生气，于是在晚上来到了他的梦里，告诉他在海边放置了一千块钱。第二天他高高兴兴地到了海边，才发现并没有钱，反而有一帮强盗。他被强盗抓住了，卖给了奴隶主，刚好卖了一千块钱。

　　这个故事告诉我们，说谎是没有什么好下场的。

青蛙和他的邻居

两只青蛙做了邻居,他们一个生活在远离大路的深水池塘里,另一个生活在大路旁边的小水坑里。

一天,池塘里的青蛙对他的邻居说,希望他的邻居能够搬到池塘里同他一块居住,因为池塘更舒适,更安全。但是邻居说他习惯了水坑里的生活,搬过去会不习惯的。

过了一阵子,一辆货车不小心滑入了水坑里,将那只青蛙压死了。池塘里的青蛙埋葬了邻居,对着他的墓碑说:"要是当时听我的话搬到池塘里,也不会有现在的下场了。"

这个故事告诉我们,习惯于旧的环境,不图变迁,不但日子过不好,还可能有生命之忧。

人和宙斯

传说神制造万物的时候,先制造的是动物。神赐予了他们一些东西,有的是力量,有的是翅膀,有的是速度。而在制造人的时候,却让他们裸露身体,一无所有。

人不满意,去找宙斯,对他说:"你给我一点有用的东西吧。"

宙斯说:"我给你的是最好的礼物,你们有思想,思想比动物更有力量,比鸟儿飞得更高,比他们跑得更快。"

人这才意识到神灵给了自己最大的恩惠,很满意地走了。

这个故事告诉我们,思想是我们最宝贵的财富,要善于运用自己的思想。

人和狐狸

有一个人非常痛恨狐狸,因为狐狸在早年的时候偷吃过他的鸡。

一天,这个人逮到了一只狐狸。他将狐狸拴在了树上,回家拿了油和火柴,他将油涂在狐狸的身上,点燃后,放了狐狸。狐狸拼命地奔跑,但是身上的火苗却越烧越旺。

天上的神灵看到了这一幕,非常痛心。当时正是收获的季节,他让狐狸往这个人的麦田里面跑,狐狸带着火苗跑了进去,烧着了麦子。最后狐狸冲出了麦田,跳进了河里。狐狸得救了,但是这个人的麦田却烧成了灰。

故事告诉我们,人们在极度生气的时候,往往会失去理智,从而给自己招来灾难。

三只公牛和狮子

狮子想吃公牛，但是无奈三只公牛生活在一起。每当狮子想咬他们的时候，公牛们就站在一起，屁股向里，头朝外。狮子拿他们的角没有办法。如果和他们战斗，就会被公牛的角撞伤。

狮子心想，得找个办法拆散他们。于是他向公牛们表示友好，渐渐地，大家就放松了警惕。这时候，他对其中一只公牛说："你的同伴们在别的地方偷吃，他们发现了一处长满了青草的地方，但是却没有告诉你。"狮子对另外两只公牛说了同样的话，他们都信以为真。三只公牛吵了一架后就单独生活了。

狮子瞅准时机，将他们一一吃掉了。

公牛的下场告诉我们，不要因敌人的花言巧语而去怀疑自己的盟友，保持团结才是永不失败的秘诀。

女人和丈夫

从前,有一个女人,她的丈夫嗜酒如命,经常醉醺醺地回家。女人想帮丈夫改掉这个不良习惯。

一次,她的丈夫烂醉如泥地回到家,像死人一样躺在了床上。女人就将丈夫背到一个墓穴里,将他放下,然后自己回家去了。

第二天早上,她来到墓穴,敲墓穴的门,丈夫丝毫没有注意到自己睡在墓穴里,他问:"谁在敲门啊?"

女人说:"我是来给死人送吃的。"

丈夫说:"我还是想先来点喝的。"

女人生气极了,她捶胸顿足地说:"我费尽心机想要帮他改掉这个坏习惯,但是没有一点儿效果。"

这个故事告诉我们,人们沉醉于不良的习惯中,再戒除非常不容易。

女巫

有一个女巫自称可以通过念咒语消除众神的愤怒,经常以此招摇撞骗。

人们在田地干旱的时候,就请她来念咒语,消除太阳神的愤怒。发大水时,人们又请她来念咒语,消除水神的愤怒。最后灾难都停止了,人们用丰富的报酬答谢她。

但是随着次数的增多,人们发现女巫只是碰运气罢了,所以就很生气,把她抓到了法庭并判处了死刑。

就在押往刑场的时候,有人对她说:"你不是自称可以消除众神的愤怒吗?现在怎么连人们的愤怒也无法消除了?"

这个故事告诉我们,有些人总是口口声声地说自己能办大事,其实他们连小事也未必能办好。

胆小的猎人

有一个猎人很胆小,但是又想证明自己很勇敢。

猎人走进树林,见到了一个樵夫,猎人对樵夫说:"我是一名勇敢的猎人,我将带给这个丛林安宁,你能告诉我哪里有狮子的足迹吗?"

樵夫很高兴,以为他是来捉狮子,就带他来到了一处山洞。樵夫对猎人说:"狮子就在里面,你去捉吧。"

猎人一听,吓了一跳,但是又不敢立即逃跑。他想了想,说:"我是来找狮子的足迹的,不是来找狮子的。"

这个故事告诉我们,有些人的勇敢仅仅停留在口头上,在行动的时候,就暴露了他们懦弱的本性。

金丝雀和蝙蝠

蝙蝠听到一只金丝雀在晚上唱歌,他就飞过来问金丝雀:"别的鸟儿都是在白天唱歌,你为什么在晚上唱歌呢?"

金丝雀说:"我本来是在白天唱歌的,但是有一次,我在树上唱歌的时候,被猎人抓住了。从那以后,我就改在晚上唱歌了。"

蝙蝠说:"你现在改正还有什么用呢?你已经被抓进了笼子,再怎么谨慎也还是在笼子里,要是在被抓之前谨慎就好了。"

这个故事告诉我们,在不幸的事情发生后,后悔已经晚了。

黄鼠狼和爱神

黄鼠狼喜欢上了一个青年,她请求爱神将自己变成一个美丽的姑娘。爱神很欣赏黄鼠狼的勇敢,就答应了,将她变成了一个美丽的少女。

然后少女就和青年认识了,青年很喜欢她,不久以后就结婚了。在婚礼的晚上,爱神来了,她想知道黄鼠狼在变成少女后,习性改了没有,就撒了一些老鼠。少女看见了,立即扑过去捉老鼠,并且想要吃掉它们。爱神很生气,就将黄鼠狼又变成了她本来的样子。

这个故事告诉我们,本性恶劣的人,即使外形变得再美丽,也掩饰不了恶劣的本性。

黄鼠狼和镰刀

黄鼠狼可以轻易地撕碎老鼠,就觉得自己的牙齿是最锋利的。他一直想证明自己的牙齿比任何东西都要锋利。

这天黄鼠狼来到了农夫的家里,在农夫家的墙角发现了一把镰刀。黄鼠狼就想证明他的牙齿比镰刀还要锋利,于是他就拼命地咬了起来,结果镰刀将他的嘴巴割破了,流出血来,黄鼠狼却以为那是镰刀上的铁锈,就更加使劲地咬镰刀。最后,镰刀将他的嘴巴割掉了。

黄鼠狼的故事告诉我们,好斗的人,最终会伤到自己。

演讲家

有一个著名的演讲家,他特别喜欢给人们讲国家大事,但是人们都没有兴趣听那些东西。

演讲家就请大家允许他讲一则故事,这则故事出自《伊索寓言》,人们一听到要讲故事,就认真起来。演讲家说:"一个人和燕子、鳗一起旅行。他们来到了河边,燕子飞走了,鳗潜入水中。"演讲家说到这里,就不再说下去。

人们都焦急地喊道:"那个人怎么样了?"

演讲家说:"那个人生气了,因为你们都只喜欢听故事,而不喜欢听国家大事。"

听众们都不好意思地低下了头。

这个故事告诉我们,只图安乐、不务正业的人是愚蠢的。

旅行者

　　古时候，有一名旅行者外出旅行。他来到河边，发现河水很急，无法过河。

　　这时候，走过来一个人，对旅行者说："我背你过去，我熟悉这条河。"于是他就将旅行者背到了对岸。

　　旅行者掏了掏口袋，对那个背他过河的人说："我非常感激你的好意，可是我没有带钱。"

　　那个人没有说什么，又到了河那边帮助别人过河。一次又一次，而不管什么样的人他都要背人家过河。

　　旅行者站在岸边看着他，很生气地说："对于你背我过河这件事，我不再感激你了，你不加选择地这样做，是一种怪癖。"

　　这个故事告诉我们，有些人不加思索地去行善，这些人得到的不是美誉，而是骂名。

农夫和鹰

　　有一天,农夫看到路边有一只鹰,被箭射伤,飞不起来。好心的农夫就将鹰带回家,并给他治好了伤。鹰的伤好了之后,就离开了农夫的家。

　　这天,农夫在一面墙下休息,那面墙在风中颤颤巍巍,随时有倒塌的危险,但是农夫并没有意识到。这时候,高空的鹰看见了,就俯冲下来,抓走了农夫的帽子,农夫立即跳起来去追赶鹰。一会儿,鹰将帽子丢了下去,还给了农夫,农夫回头一看,墙已经倒塌了。

　　农夫和鹰的故事告诉我们,人们都应知恩图报,好人一定会有好报。

橡树和宙斯

橡树指责宙斯说:"我们生存得毫无意义,树木中,我们被砍伐得最多。"

宙斯说:"不幸的原因在你们的身上,假如你们像荆棘那样,不可以用来制作工具,人们就不会砍你们了。"

橡树的故事告诉我们,要多从自己身上找原因,而不是把不幸都归咎于别人。

樵夫和橡树

　　樵夫到丛林中砍树。他看到了橡树，先用斧子砍下橡树的一根枝，做了一个锲子，然后用锲子轻而易举地将橡树砍倒了。
　　橡树躺在地上，失落地说："我不怨恨斧子，只怨恨自己生出来的树枝。因为是它们做成了锲子。"
　　橡树的话告诉我们，被亲人伤害，比来自敌人的迫害更令人痛心。

赫尔墨斯和忒瑞西阿斯

忒瑞西阿斯是一个著名的预言家,赫尔墨斯不服气,想试试他的预言是否准确。

一天,赫尔墨斯在一个农场偷走了两头牛,随后化身农场主来到城里。他找到忒瑞西阿斯,对他说牛丢了。忒瑞西阿斯说需要到农场里瞧一瞧。

他们来到了农场,忒瑞西阿斯对赫尔墨斯说:"一会儿你看见什么鸟就对我说。"当赫尔墨斯看见了一只鹰从天空飞过,就对他说:"我看到了一只鹰,从这边飞到了那边。"忒瑞西阿斯说:"鹰不是我们要等的鸟。"

不一会儿,一只乌鸦飞过。赫尔墨斯对忒瑞西阿斯说:"我看到了一只乌鸦。"忒瑞西阿斯说:"很好,让我听听乌鸦在说什么。""乌鸦对我说,只要你愿意,牛就能找出来。"

这个故事讽刺了那些监守自盗的人。

宙斯和狐狸

宙斯赏识狐狸的聪明,就任命他为百兽之王,狐狸很高兴。

一天,宙斯想看看狐狸做了百兽之王后,他贪婪的本性改了没有。当狐狸经过一座桥梁的时候,宙斯扔下了一个屎壳郎。屎壳郎绕着狐狸一直飞,狐狸按捺不住,就想抓住它,于是就跟在屎壳郎后面跑。

宙斯看见了很生气。他很气愤狐狸身为百兽之王竟然仍改不掉恶习,就将他贬为了平民。

狐狸的故事告诉我们,即使穿上最华丽的服装,坏人的本性也不会改变的。俗话说:江山易改,本性难移。

牛和屠夫

有一天,牛圈里面的牛聚集在一起,商量着杀死屠夫,因为屠夫从事着杀死他们的职业。

然后,他们磨砺着自己的角,准备去和屠夫战斗。这时候一头老牛却站出来阻止了大家。

老牛说:"屠夫是杀害我们,没错,但是他杀我们的时候手艺很好,所以我们并不会觉得痛苦。如果他不在了,还是有人会来杀我们,而到那时,就未必能死得轻松了。反正都是死,还不如死在屠夫的手下,那样至少轻松些。"

这就是说,当灾难和死亡不能够避免的时候,就要勇敢地面对,与其痛苦地死,不如痛快地死。

核桃树

有一颗核桃选择在路边生根发芽,因为他觉得自己长大以后可以给过往的行人提供果实。

等到核桃树长大了,果实成熟了,路过的行人,就会捡起地上的石头砸树上的核桃,核桃树因此遍体鳞伤。他不禁感叹自己的命运悲惨,说:"我好心地为人们提供果实,却没有想到会得到这样的结局。"

这个故事告诉我们,善行未必会得到我们所期待的回报,做好事不能太计较结果。

蛇和鹰

一天,田野间发生了一场大战。战斗的双方,一个是天空中的王者——雄鹰;另一个是地面上的霸主——蟒蛇。

他们斗得天昏地暗,难分胜负。鹰抓着蛇的脖子,蛇缠住鹰的翅膀。这时候,农夫来了,就将他们分开。鹰获得了自由,他十分感谢农夫的救命之恩;蛇也获得了自由,但是他觉得农夫是在帮助鹰。

于是,蛇趁农夫不注意,悄悄在农夫的水杯内放了毒液。农夫拿起杯子要喝水时,鹰从天上扑下来打碎了水杯,救了农夫的命。

这个故事告诉我们,善有善报,好人终究会得到好报。

蔷薇与鸡冠花

蔷薇和鸡冠花生活在一起,一天,鸡冠花对蔷薇说:"蔷薇啊,你是世界上最美丽的花,人们都喜欢你、称赞你,连我也很向往你那漂亮的颜色和芬芳的香气。要是我能有你一半的美丽就好了。"

蔷薇微笑着回应鸡冠花:"我虽然美丽,但是我的美丽不是长久的,仅仅是昙花一现,而你的美丽却是久远的。我倒是挺羡慕你永久开着花,青春常在。"

这个故事告诉我们,尺有所短,寸有所长。世间万物各有优缺点,不必一味地羡慕别人拥有而自己缺乏的东西,因为你自己的某一点或许也被别人羡慕呢。

骆驼、象和猴子

　　动物们要选举国王，很多动物都参加竞选了，最后他们选出了两个被认为比较优秀的候选者：骆驼和象。
　　正当动物们最后商量着谁将成为大王的时候，猴子站出来说骆驼和象都不适合做王。"首先，"猴子说，"骆驼太温顺了，即使别人犯了大的错误，他也从不计较，所以骆驼不适合做大王。"动物们听了都纷纷点头表示同意。
　　接下来，猴子又说："象虽然力气很大，但是却天生害怕小猪，这样的小胆量也不适合做王。"动物们听了又一致同意猴子的观点。
　　最后，骆驼和象仅仅因为自己的一点小毛病而失去了称王的机会。
　　这个故事告诉我们，很多时候，阻碍人们通向成功之路的，往往是鞋里的一粒沙子。所以在生活中，我们要注意细节，莫因小失大。

狐狸与荆棘

一天,狐狸在山崖边上行走,脚下打滑,差点跌下山崖。这时候,狐狸急忙抓住了山崖边上的荆棘,才保住了性命。

狐狸攀附着荆棘爬上山崖,虽然保住了性命,但是却被荆棘刺得遍体鳞伤。狐狸不禁开始呻吟着抱怨荆棘。

他对荆棘说:"你比篱笆还要坏,我仅仅是向你求助,你却将我刺得遍体鳞伤。"

荆棘说:"我本来就是习惯于依附别人,而你却来依附我,那只能怪你愚蠢了。"

这个故事告诉我们,依附那些不能依靠的人是自讨苦吃。

蛇和螃蟹

蛇和螃蟹是邻居,他们一个居住在河边的石头洞里,一个生活在河边的草丛间。螃蟹友好地与蛇相处,但是蛇很阴险卑鄙,总是算计别人。

螃蟹总是告诫蛇要真诚、正直,但是蛇却从来也听不进去,大家都对蛇怨声载道。螃蟹也十分生气。

一天晚上,蛇被杀死了。螃蟹看着蛇叹了口气:"唉,朋友啊,现在你再也不用听我烦人的劝告了。要是你当初能改过自新,也不至于是今天这个结局啊!"

这个故事告诉我们,对于一些人,死亡或许是他能做的唯一一件对人们有用的事。

跳蚤和人

有一只跳蚤跳到了一个人身上，跳来跳去，反复叮咬。那个人受不了了，就开始捉跳蚤。

这个人终于将跳蚤逮到了，恨恨地说："你竟敢在我身上为非作歹，我要杀了你！"

于是跳蚤开始求饶："请您高抬贵手，不要捏死我，我只不过是一只小小的跳蚤，我能做的事情也就是跳到人们身上，去吮吸他们的血液，不会再去干别的什么更大的坏事了。"

那个人笑着说："事不论大小，只要祸及他人，都是不可以原谅的。所以我一定要捏死你。"

这个故事告诉我们，坏人无论怎样，都应该加以惩治；善恶不分大小，性质最为关键。就像古训说的那样：勿以善小而不为，勿以恶小而为之。

蚂蚁

　　传说蚂蚁以前是人，有着人类拥有的一切，有田可种，有地可耕。但是他们却不满足于自己的劳动果实，经常偷窃别人的食物。

　　宙斯曾多次劝说他们，可是他们却依然我行我素，屡教不改。最后宙斯生气了，就将他们变成了蚂蚁的模样。于是他们失去了田地，流落四方。

　　即使是这样，蚂蚁依然没有改变自己的本性。每当到庄稼收获的季节，他们就成群结队地跑到田地里，搜集人们落下的那些粮食，将它们堆积到自己的巢穴里。

　　蚂蚁的故事告诉我们，本性恶劣的人，再严重的惩罚都改变不了他们的恶习。俗话说：江山易改，本性难移。

狐狸和蝉

　　蝉站在树上唱歌，狐狸从树下经过，听到了蝉的叫声，想吃掉他。但是狐狸不会爬树，就想欺骗蝉飞下来。

　　狐狸仰着头对树上的蝉说："啊，你的歌声实在是动听极了，我真想看看你华丽的外衣。"

　　蝉没有理会他，依然自顾自地唱歌。

　　狐狸没有放弃，接着说："人们都夸赞蝉的声音美妙，但是我觉得蝉的羽翼更漂亮。你能飞下来让我欣赏一下吗？"

　　于是蝉丢了一片树叶下去，狐狸以为是蝉飞下来了，就飞快地扑了过去。

　　蝉哈哈大笑说："坏家伙，你以为我有那么傻吗？自从我在狐狸的大便中发现了蝉的羽翼后，就时刻提防着你们。"

　　这个故事告诉我们，聪明的人懂得从他人的教训中吸取经验。

蝉与蚂蚁

冬天,天气晴朗,蚂蚁将自己过冬的食物搬运出来晒太阳,以防食物受潮。这时候,饥肠辘辘的蝉走了过来,向蚂蚁乞讨,希望蚂蚁能施舍一些食物。

蚂蚁问他:"为什么你在夏天的时候不收集食物呢?"

蝉说:"夏天的时候我没有空闲啊,我的时间都用来唱歌了。"

蚂蚁不客气地说:"既然夏天你将时间都用来唱歌了,那么现在你将时间都用来跳舞吧。"

蝉郁闷地走掉了。

蚂蚁的话告诉我们,我们要在大好时光里劳动、创造、积累财富,而不能将宝贵的时间用来享乐。

驴和蝉

盛夏时节,主人将驴拴在树下。树上一只蝉欢快地唱着歌,"知了……知了……"驴也想放声唱歌,但张嘴发出的却是很难听的声音。

驴很欣赏蝉的鸣叫,他非常痛恨自己沙哑的声音。他问蝉平时吃什么,蝉告诉他,喝露水。驴想要拥有像蝉一样的美妙声音,就像蝉一样只喝露水,结果被饿死了。

这个故事告诫我们,不要去强求不可能得到的东西,否则只会是自讨苦吃。

弹琵琶的人

　　有一个人在琵琶室内练习弹琵琶，由于琵琶室的墙壁是用特殊材料制成的，因此音乐在里面听起来就极为美妙。这个人在里面练习，觉得自己弹出的声音美妙极了，很高兴，打算去登台表演，向人们炫耀一下。

　　一天，这个人来到了观众面前开始表演，可是他的技艺实在太差了，不一会儿，就被观众赶了下舞台。

　　这个故事告诉我们，有些演说家在学校里还有模有样、夸夸其谈，但是到了讨论国家大事、显露真功夫的时刻，却捉襟见肘、贻笑大方。

小偷和公鸡

　　一个小偷悄悄地溜进了一户人家，可是没有偷到自己想要的东西，最后就将这户人家的公鸡带走了。

　　回到家中，小偷就琢磨着将公鸡杀了，因为他不想饲养公鸡。公鸡发觉了小偷的想法，就对小偷说，自己是有用的，留着自己将对他有好处。于是小偷问公鸡有什么用，公鸡说："我每天凌晨可以打鸣，叫醒人们。"公鸡本以为凭这一点能保住自己的性命。但是小偷听了之后，非常生气，说："就凭这一点，你就非死不可了。你把人们都吵醒了，我还怎么去偷窃啊？"

　　这个故事告诉我们，对好人有益处的事情，对坏人来说可就是不利的。

两只青蛙

两只青蛙住在一个池塘里,生活得很开心。但是夏天来了,池塘的水开始渐渐干涸,两只青蛙不得不搬家。

他们一起来到一个深井旁边,一只青蛙探出脑袋看了看深不见底的井水,很高兴地对另外一只青蛙说:"朋友,这口井可真是个生活的好地方啊。"

另一只青蛙却没有这样高兴,说:"这口井目前来说确实是个不错的地方,但是我在想,要是这口井水也干涸了,我们该怎么上来。"

之前的那只青蛙听了,也陷入了思考。

青蛙的故事告诉我们,凡事要三思而后行,考虑周到再付诸行动,不可草率行事。

猫和公鸡

猫抓住了公鸡,便想找个罪证将公鸡吃掉,于是对公鸡说:"我必须惩罚你,因为你每天早上都打鸣,将睡梦中的主人吵醒。"

公鸡解释说:"我打鸣是事实,但那是一件对人类有益的事情,我并没有做错啊。他们需要我每天提醒他们起床。"

猫一看难为不了公鸡,就露出了自己的本性,说:"尽管你说的有道理,我还是不得不吃晚餐啊,要怪就怪你落到了我的手里。"于是毫不客气地将公鸡吃掉了。

这个故事告诉我们,坏人干坏事总是能找到借口,和他们解释就等于浪费时间。

孔雀和鹤

孔雀遇到了鹤,十分瞧不起她,觉得自己的羽毛美丽极了,而鹤的羽毛却灰暗无光。于是孔雀高傲地对鹤说:"同样是鸟类,我的羽毛五颜六色、金碧辉煌,而你的羽毛却是一片灰暗,难看死了。"

鹤丝毫没有因为孔雀的话而自卑,而是平淡地回复孔雀说:"你说的是事实,可是你不要忘了,我的羽毛可以让我自由地在蓝天翱翔,而你的羽毛仅仅是好看,你也只能和公鸡那些家禽一样,一辈子生活在地上。"

孔雀听了之后再也得意不起来了,只能眼睁睁看着鹤飞走了。

这个故事告诉我们,穿戴简朴而志趣高远的人远胜于披金戴银而平凡庸俗的人。

狮子、宙斯和象

狮子虽然高大威武,有锐利的牙齿和爪子,比别的动物都要强大,但他仍然不开心,因为他有一个弱点,就是害怕公鸡。于是狮子找到宙斯后,抱怨自己的不幸,责备宙斯的不公平。

宙斯感到很好笑,说:"我把动物们拥有的优点都给了你,你还有什么不满意的呢?要怪也只能怪你性格太软弱了。"

狮子悲伤地离开了,准备去寻死。这时候,他看见一头大象不停地扇动着自己的耳朵,感到很奇怪,就前去询问。大象说:"我必须扇动耳朵以便赶走蚊子,否则我就麻烦了。"听到大象的话后,狮子想:"我犯不着去寻死啊,起码我比大象幸福很多。"

这个故事告诉我们,每个人都有自己的优缺点,要正确看待,没必要与他人比较。

狮子和野猪

夏天，天气非常炎热，动物们都纷纷找有水源的地方休息。狮子和野猪都来到一条河边，为争夺有限的河水展开了争斗。

狮子和野猪都很威武，谁也不肯让步，斗了很长时间也没有决出胜负。最后他们累得停了下来，喘着气瞪着对方。他们身后已不知不觉地聚集了很多秃鹰。秃鹰是草原上凶猛的鸟禽，专门吃受伤的野兽。

狮子和野猪这才发现自己已经处在危险之中，幸好各自只是受了点轻伤，于是都对对方说："我们还是停止争斗吧，共享河水总比成为秃鹰的食物强。"

这个故事告诉我们，不要进行无意义的争斗，否则第三方就有机可乘。

狮子和青蛙

狮子从出生后一直生活在远离水源的森林中。一天,狮子来到了河边,沿着河岸惬意地散步。忽然河边的草丛里传来了一声蛙叫:"呱!"

狮子吓了一跳,因为蛙叫很响亮,他以为是一只猛兽,所以立马紧张地举目四望,找寻发出声音的野兽。但是静静的河岸,没有一点野兽的影子。狮子的心稍微平静下来,这时候,蛙叫再次响起:"呱!"

狮子这次有了准备,循着声音找去,在草丛里发现了那只青蛙,就跳过去用一爪子将青蛙摁住,生气地说:"你这么一个小东西,一点本事也没有,竟然也敢喊这么大声。"

这个故事讽刺了那些自己没什么本事却爱说空话的人。

蚊子和狮子

一天蚊子遇到了狮子，得意地对狮子说："别看你身为百兽之王，其实你比我强不了多少，你无非就是力量大些，爪子利些，但未必打得过我。"

狮子不服气，蚊子就要求比试一下，于是狮子和蚊子展开了斗争。蚊子吹着喇叭，冲到了狮子面前，专挑狮子的鼻子咬，狮子愤怒地用爪子去抓，结果却总是抓到自己的鼻子。不一会儿，狮子的鼻子就已经被自己抓得伤痕累累，而蚊子却安然无恙，狮子只好认输。

蚊子得意极了，吹着喇叭飞走了，却不小心撞上了前方的蜘蛛网，蚊子在被蜘蛛吃掉的时候，懊悔地说："想不到我战胜了最强大的敌人，却要被一只小小的蜘蛛消灭了。"

蚊子的故事告诉我们，骄兵必败。很多人战胜了强大的敌人，却最后输给了弱小的敌人。

渔夫和金枪鱼

　　渔夫出海捕鱼，辛苦了很久，也没有收获。太阳快落山了，他垂头丧气地坐在船里。这时有一条金枪鱼被另一条大鱼追赶，慌忙逃窜的金枪鱼跳进了渔夫的船里，而追的那条没注意，也跟着一起跳了进来。
　　这样，渔夫收获了两条鱼，他高高兴兴地回家了。
　　故事告诉我们，往往依靠技术得不到的，却可以碰运气得到。但天上掉馅饼的概率很小，我们不能指望它每次都发生。否则，就成了《守株待兔》里那个愚蠢的人了。

小狗和青蛙

夏天的时候,天气十分炎热。傍晚刮起了凉风,小狗很惬意。因为白天受了一天的煎熬,现在终于可以舒服地休息一下了。

小狗躺在池塘边吹着凉风睡起觉来。不一会儿,池塘边的青蛙就开始叫了起来,此起彼伏,叫得一声比一声响,吵得小狗无法入睡。

于是小狗就跳了起来,向青蛙们大叫,告诉他们不要吵闹。青蛙们安静了下来,小狗躺下来接着睡觉。但是没多久,青蛙们又开始叫了起来,小狗再次被吵醒了,非常不满意,又一次对着青蛙大喊。但是只要小狗一躺下,青蛙们就吵起来。

小狗十分气愤地说:"我真是愚蠢,这些天生爱吵闹的家伙,怎么会变得文质彬彬、体贴他人呢?"

这个故事告诉我们,有些骄傲自大的人总是目空一切,为所欲为,不顾他人的感受。

猪和狗

猪和狗吵架了，互相谩骂对方。

狗嘲弄猪说："你们猪最可恶了，连女神也痛恨你们。阿佛洛狄忒就明令禁止吃过猪肉的人进入她的庙宇。"

猪听了狗的话后，想了想说："事实却恰恰相反，她有这样的命令并不是痛恨我们，而是对我们的厚爱。正因为如此，很多人才不吃猪肉，无形中我们就逃脱了人类的杀害。但是你们就不这样了，不管你们是生还是死，都可以拿去充当祭品。"

猪巧妙的回答，向我们展示了谈话的技巧。聪明人往往都是这样，可以巧妙地将对手的攻击转变为对自己的赞美。

家狗和狼

夜晚，饥肠辘辘的狼，在野外四处寻找食物，遇见了出来散步的家狗。狼看见家狗吃得膘肥体健，就问家狗怎么生活得如此好。家狗就告诉他，自己在主人的家里只要帮助主人看家，就可以得到丰富的晚餐。狼很羡慕，就请求加入狗的行列。

狗欣然答应了，然后就带着狼往回走。路上，狼瞥见狗的脖子上有条疤痕，就询问狗，狗说是因为长期拴着铁链的缘故。"铁链？"狼很吃惊。狗说："只要有吃的、住的，拴着铁链也无所谓的。"狼吓了一跳，赶紧离开了狗的身边，说："你还是自己去享用晚餐吧，我宁可挨饿受冻，也不愿失去自由。"

这个故事告诉我们，自由比安乐更重要。

蛇、黄鼠狼和老鼠

蛇和黄鼠狼在野外相遇了,他们都认为自己是这个地方的王者,然后就打了起来。

老鼠本来见了蛇或者黄鼠狼就会没命地逃跑,但是现在看到他们打了起来,就很欣喜地前去观看。蛇和黄鼠狼发现身边聚集了很多老鼠都停止了搏斗,向老鼠扑去。结果老鼠是好戏没看到,自己反而沦为了别人的食物。

这个故事告诉我们,那些自行卷入统治者争斗的人,会不知不觉地成为这场斗争的牺牲品。

猎狗和众狗

主人养着一只非常强壮的猎狗,总是拿最丰盛的食物来招待他,这只狗吃的比别的狗都要好,住的也比别的狗都要强。其他狗都非常羡慕他。

一天,主人带着猎狗出去打猎,刚走出庄园,便遇到一群野牛。主人放开猎狗脖子上的套索,可是猎狗并没有扑向那群野牛,反而夺路而逃,最后再不敢回主人的家了,只好在外面流浪。

别的狗遇到了猎狗,都非常地不解:"你在主人的家中生活的如此舒服,为什么现在还要逃避这种生活呢?"

猎狗回答说:"我的生活看起来是很不错,可是我却不得不时刻准备着与野兽战斗,时刻都有生命危险啊!"

这个故事告诉我们,雍容华贵的生活往往和危险相连,而清贫简陋的生活却是平安的。

野猪和狐狸

狐狸在森林中散步,看见一只野猪在树干上磨牙齿,发出很响亮的声音,就很奇怪,走向前去询问:"这里并没有猎人,你磨牙齿做什么?"

野猪对狐狸说:"要是猎人来了,我的牙齿不够锋利,就不能逃脱他的追捕了,那时候再想着磨牙齿就晚了,所以我必须要在平时就做好战斗的准备。"

狐狸恍然大悟,顿时对野猪肃然起敬。

这个故事告诉我们,要在灾难到来之前就做好准备,要懂得未雨绸缪。

驴和马

驴饿了,找到马,请求马能给自己一些饲料吃。马不想给驴吃,就搪塞说:"我可以给你,但是我比你更为尊贵,所以你必须等到我吃完之后,才能吃剩下的。"

驴有点失望地看着马,觉得马很吝啬。马不想让驴觉得自己小气,就接着说:"这样吧,晚上你来这里,我给你满满一小袋麦子吃。"

驴说:"算了吧,我才不会相信你的谎话呢,现在都舍不得给我一点吃的,过一会儿能给我更大的好处才怪呢!"

这故事告诉我们,不要轻信一些吝啬鬼慷慨的承诺。

苍蝇和骡子

　　一头骡子拉着四轮车走在路上,一只苍蝇看见了,就飞到了骡子的头上,觉得自己了不起,可以驾驭一头骡子。

　　过了一会儿,苍蝇不耐烦了,就大声地说:"你怎么走这么慢啊,再不快点的话,我就开始咬你的脖子了。"

　　骡子冷冷地说:"你最好安静点,我之所以这么乖的走路,不是怕你,是怕后面的主人手里的鞭子。他让我快,我就快,让我慢,我就得慢。所以我根本没把你放在心上。"

　　这个故事告诉我们,自不量力、目中无人的人,只会让人厌恶。

狼和驴

群狼们经常因为争夺食物而打架,于是群狼的首领就制定了一条法律,规定所有的狼都要将自己的猎物带回来一起分享。

开始的时候,群狼都执行着法律,将自己的猎物带回来一同分享。但是,有一天,一头驴被带到了狼群,他对众狼说:"我知道你们制定了法律,但是有一匹狼没有执行。"

众狼很愤怒,便问是谁,驴说:"就是你们的首领,昨天他一个人吃了我的家人,却并没有和你们分享。"

群狼很生气,就赶走了首领。

这个故事讽刺了那些条约的制定者,自己制订了法律,却首先破坏它,不能以身作则。

驴、乌鸦和狼

有一只背部受伤的驴,被主人带到了一片草地上吃草。

这时候,一只乌鸦嗅到了血的气味,就飞到了驴的背上,在驴的伤口上啄了一口,驴吃痛,大叫了起来。主人在边上看到这一幕,呵呵地笑了起来。

狼在远处看到了这一幕,哀叹地说:"同样是动物,乌鸦啄了驴一口,驴主人连动也不动,甚至还在一旁发笑。可是我只要一走近驴,驴主人就会拿着东西打跑我。"

这个故事告诉我们,要区别对待不同的人,时刻警惕那些心怀恶意的人。

妄自尊大的狼

狼走在山坡上，夕阳西下，太阳的余晖将狼的影子拖得很长。狼看着自己的影子，足足有一亩田地那么大，不禁感觉自己很伟大："原来我是这样的伟大，看来我再也用不着害怕狮子了，我也可以做百兽之王了。"

正在狼陶醉的时候，狮子已经悄悄地来到狼的身后，一口就将狼咬住了。

狼不禁懊悔："我真是不幸啊，妄自尊大毁灭了我。"

这个故事告诉我们，妄自尊大是没有好下场的。

牧羊人和小狼

牧羊人在回家的路上,看到了几只小狼崽儿,就将小狼崽儿抱回了家。他想,等我将这些小狼养大了之后,他们就可以保护我的羊群,甚至还可以将别人的羊抢过来。

等到小狼长大了,牧羊人傍晚回家,却发现小狼将自己的羊全咬死后,逃得无影无踪。

牧羊人痛心地说:"我真是活该啊,狼性难改,我却贪心喂养狼崽子,现在得到了报应。"

这个故事告诉我们,坏人的本性是很难改变的,救助他们,妄想改变他们,那么遭殃的首先是自己。

狼和羊群

狼派自己的使者前去同羊群谈判,使者说:"要是你们能够将看守你们的狗杀掉,我们就与你们定下合约,永不侵犯。"

羊群们被狼的条件诱惑住了,都觉得这是一个天大的好事,要是狼不再侵犯他们,他们就不用整日提心吊胆了。

于是羊们聚集在一起,商量着将狗抓住再杀掉。这时候,羊群中走出一位最年长的羊说:"大家怎么能相信狼的鬼话呢?要知道,狗是我们唯一的守护者,要是狼毁约,我们还有退路可走吗?"

这个故事告诉我们,人们不能天真地相信自己的敌人而牺牲自己的盟友。

占卜者

一位占卜者在市场上设了一个摊子，为人们占卜算卦。

一天，在占卜者为一个顾客占卜时，他的家人赶来了，焦急地对他说："咱家的门被贼撬了，东西都丢了。"

占卜者大吃一惊，立刻回到自己的家中，查看家里的情况。

他的邻居看见了，就对他说："你不是可以占卜吗？怎么连自己的祸事也猜测不到呢？"

这个故事讽刺了那些连自己的事都预测不到却扬言可以预测别人未来的人。

养蜂人

趁养蜂人出去的时候,邻居悄悄来到了他的院子,将他的蜂蜜偷走了。养蜂人回来之后,看到空空的蜂箱,就在蜂箱周围找寻线索。这时候,蜜蜂们采蜜回来,发现蜂蜜没了,便不由分说地上前去叮咬站在蜂箱旁边的养蜂人。

养蜂人痛苦地喊:"你们这群傻瓜,不去惩治那个偷蜂蜜的贼,却来咬我这个饲养你们的人。"

这个故事告诉我们,愚昧无知的人不懂得提防坏人,却总是去戒备自己的朋友,以友为敌。

年轻人和燕子

　　一个年轻人的父亲临死前给他留下了很大的家业,他却没有珍惜这份祖业,整天挥霍,很快就陷入了困境。
　　年轻人不得不变卖家产。最后他将自己的屋子也卖给了别人,只剩下一件破外衣。他开始到大街上去流浪。
　　一天,他看到有一只燕子飞过,便以为春天来了,不再需要穿外衣了,便把外衣卖了。不久,一阵北风袭来,非常寒冷。年轻人四处躲藏,碰巧见到冻僵的燕子,便对他说:"朋友,你把我俩都毁了。"
　　这个故事告诉我们,不按自然规律办事是十分危险的。

贪吃的小孩

有一个富人家里祭祀，就杀了一头牛，请所有的人免费品尝。这时候，一个贫穷的人带着自己的孩子前来。那个孩子从来没有见过这么多的肉，就贪婪地吃啊吃。

最后这个孩子捧着肚子痛苦地倒在了地上，母亲对他说："孩子，不是你的终究不是你的，拿再多也是要还的啊。现在，你必须要把肉吐出来了。"

小孩儿不得不将肉吐了出来，才捡回了一条性命。

这个故事告诉我们，做人不能太贪婪，切忌多吃多占，多拿了别人的东西，欠了别人的债，被讨还时是很痛苦的。

小孩和乌鸦

一个女人很迷信，带着自己的孩子来到算命的地方，算命先生看了看她的孩子说："你的孩子将会被乌鸦给害死。"

女人回到家里，就将自己的孩子关在箱子里面，每天定时给他送食物，以为这样孩子就会性命无忧了。

有一天，这位母亲开箱子给自己的孩子送吃的，孩子不小心将脑袋磕在了箱子的搭扣上，不幸夭折了，而那个搭扣刚好是乌鸦的形状。

这个故事告诉我们，有些灾难是躲避不了的，与其每天担惊受怕地过日子，不如努力提高自己与灾难抗争的能力。